Volleyball

Satz: OK Satz GmbH, Gröbenzell
Druck: Dr. Cantz'sche Druckerei, 7302 Ostfildern 1 (Ruit)
Bindearbeiten: Sigloch Buchbinderei, Künzelsau
2 3 4 5 96 95 94 93
Auflage Jahr
(jeweils erste und letzte Zahl maßgeblich)

ISBN 3-8231-0089-0

Volleyball

Ein fröhliches Wörterbuch für tierische Schmettergorillas, tieffliegende Baggerhechte, unfehlbare Schiedsrichter, fanatische Trainer und alle Volleyballfans.

Von Toni Flink
mit Zeichnungen von Karl-Heinz Brecheis

TOMUS

Abwehrversuch

A

abklatschen — Relikt aus prähistorischen Zeiten. Da Volleyball vom frühchristlichen Ringelreihe-Spiel abstammt, ist es verständlich, daß sich einige liebreizende Reste dieses Spieles erhalten haben. Dazu zählt zum Beispiel das Abklatschen nach dem Erzielen eines Punktes oder der Rückeroberung des Aufschlagrechts.

Abwehrversuch — Hochreißen der vorher schlaff nach unten hängenden Arme, als hätte der Trainer oder ein schmetternder Gegner soeben mit einer Pistole in der Hand „Hände hoch!" gerufen. Und oft wird ein Volleyballspieler anschließend (vom Gegner) trotzdem gnadenlos erschossen.

Affentennis — Von menschenähnlichen Wesen gespieltes exotisches Ballspiel, bei dem der Ball mit der flachen Pfote über eine Schnur geklatscht werden muß. Fachleute behaupten, es habe eine gewisse Ähnlichkeit mit dem sogenannten Volleyballspiel.

Aggressivität — Im Sport erwünschte Charaktereigenschaft, die vom Trainer dringend verlangt wird, aber mißverstanden an den eigenen Kameraden oder oft mit einer unerwünschten Verzögerung ausbricht (nach einem verlorenen Spiel daheim bei den armen, am Volleyball doch gar nicht interessierten Familienangehörigen).

Ai — In jedem Kreuzworträtsel vorkommender Volleyballspieler, der sich vor anstrengenden Trainingseinheiten drückt. Die Volleyballforschung ist sich immer noch nicht im klaren, weshalb die Faultiere überhaupt in der Halle auftauchen. Vermutungen kreisen um den Verdacht, daß (bei weiblichen Faultieren) die Herren in der Herrenmannschaft oder auf der Tribüne der Hauptanziehungspunkt oder aber die Herren zu Hause der Hauptabstoßungspunkt sind. Oder umgekehrt, bei männlichen Faultieren die Damen in der Damenmannschaft … usw.

Allroundtechniker Traum jedes Trainers und Abteilungsleiters. Ein Mitglied des Vereins, das alles kann: Netzaufbauen, Bänke räumen, Spielutensilien bereithalten, Bälle kontrollieren und vor allem richtig aufpumpen, anschreiben, schiedsrichtern und zur Not, wenn leider nur fünf richtige Spielerinnen oder Spieler zum Spiel erscheinen, auch halbwegs Volleyball spielen. Hauptsache, er steht dann nicht andauernd im Weg herum und bringt den Aufschlag irgendwie übers Netz.

---

alt aussehen Bei ungeschickten Aktionen im Volleyballspiel auftretende plötzliche Veränderung eines Aktiven, als wären in wenigen Sekunden viele Jahre ins Land gezogen. Das Volleyballspiel ist also mit der Altweibermühle oder einem Jungbrunnen mit umgekehrten Vorzeichen zu vergleichen. Passiert eher jungen und unerfahrenen Spielern als alten Hasen. Die Erfahrenen sehen oft gar nicht so alt aus, wie es das Geburtsdatum im Spielerpaß vermuten läßt. Kann auch bei Nichtaktiven (Vorständen, Sponsoren und vor allem Trainern) vorkommen. Es soll sogar schon beobachtet worden sein, daß bis dato jugendliche Trainer während eines einzigen, meist letzten Satzes vollkommen ergraut sind und dann ganz schön alt ausgesehen haben.

Allroundtechniker

Altersgründe

Motiv zum Rücktritt aus der aktiven Laufbahn. Es geschieht immer wieder, daß auch relativ junge Spieler, mit zum Beispiel vierundzwanzig Jahren, durch das lange Breitsitzen des Hinterns auf der Auswechselbank aus Altersgründen ihren Rücktritt von der aktiven Laufbahn erklären. Sie erleben dann manchesmal doch noch einen Aufstieg bis über die Köpfe der aktiven Spieler, nämlich über das Treppchen zum Schiedsrichterstuhl.

Anfänger

Erster Aufschläger nach dem Anpfiff, mit dessen Aufschlag das Spiel anfängt (daher der Name). Alle anderen Definitionen oder Anreden zu diesem Begriff müssen verschämt als unverschämt zurückgewiesen werden.

Anfangsaufstellung

Die ersten sechs Spieler, die das Spielfeld zum Anpfiff betreten. Sehr bibelfeste Trainer mit wenig Gottvertrauen (und davon gibt es unglaublich viele) lassen getreu dem Spruch „die Ersten werden die Letzten sein!“ diese ersten sechs auch ohne Unterbrechung im Spiel, und sie lassen die anderen Sechs auf der Auswechselbank bis zum Schlußpunkt dort draußen hoffnungslos vertrocknen.

Angabe

Große Töne bei kleinen Mädchen spucken. Die Mädchen müssen nicht unbedingt der Minimannschaft angehören und können durchaus auch recht groß sein. Der Angeber schwadroniert über unglaublichste Ballwechsel, von Sprüngen in Kniehöhe über der Netzkante, von rasierten Scheiteln sowie von Bällen, die, von des Gegners Feld aufspringend, das Hallendach durchschlagen.

Anfänger

Annahme

Angriffssicherung

Vierzehn bis sechzehn Spieler, die mit baggerbereiten Armen um den Schmetternden herumkauern, um den unbedeckten und ach so unglaublich großflächigen Hallenboden zuzudecken. Sie sollen einen eventuell vom gegnerischen Block abprallenden und unglücklicherweise ins eigene Feld zurückschnellenden Ball sicher wieder in die Höhe hochpäppeln. Um diesen Raum auszufüllen, muß man allerdings vierzehn Spieler oder sechzehn Spielerinnen aufs Spielfeld schmuggeln. Doch leider entgeht dieser taktische Kniff meistens kaum einem normalen Schiedsrichter.

Annahme

Der Gegenspieler klebt nach der Aufgabe gemeinsam mit dem Ball vor dem Bauch an der Rückwand der Halle, und er nimmt an, trotzdem immer noch eine gute Figur dabei zu machen. Man kann aber annehmen, daß er dann, zumindest bei einem Auswärtsspiel, die Lacher auf seiner Seite hat. Hat er die Lacher auch bei einem Heimspiel relativ oft auf seiner Seite, wäre langsam anzunehmen, daß der Platz auf dem Spielfeld doch besser mit einem solchen am Schreibtisch in der Verwaltung des Vereins zu vertauschen wäre.

Annahmefehler

Die beiden aneinandergelegten Hände beim Annehmen des gegnerischen Aufschlages so ungeschickt verkanten, daß der Ball den Gichtknochen am Handgelenk trifft und so ungünstig abgelenkt wird, daß er unerreichbar ins Jenseits fliegt. Ein Annahmefehler kann durch loyale Mitspieler mit sehr viel Akrobatik wieder ausgebügelt werden, was aber mit der Zeit sehr an den Geldbeutel gehen kann (durch später beschwichtigend vollgeschenkte Gläser am Biertisch).

Anpfiff

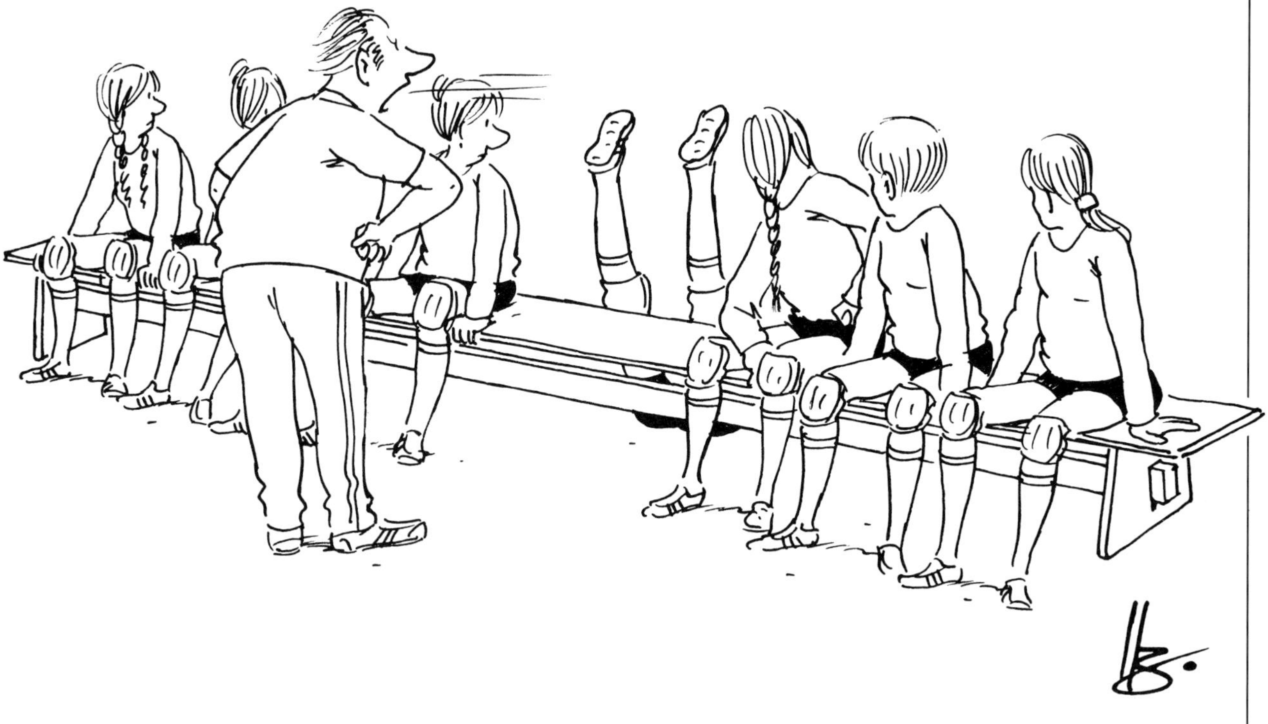

Annahmeriegel	Der Trainer stellt alle gemeldeten 12 Spieler in leicht gebückter Lauerstellung so eng in einer Reihe nebeneinander (ungefähr in der Mitte der eigenen Spielhälfte) auf, daß kein Ball verlorengehen kann, und sei er noch so scharf plaziert.
Anpfiff	Da Volleyballspielerinnen oder gar -spieler unendlich viel sensibler sind als zum Beispiel Radrennfahrer, Fußballer oder Boxer, muß ein Anpfiff, gar vor versammelter Mannschaft, mit unendlicher Behutsamkeit und psychologischem Einfühlungsvermögen durchgeführt werden. Der Trainer muß mit vorsichtigen Formulierungen zu erklären versuchen, wie ein Spielzug eventuell etwas besser abgelaufen wäre, ohne damit jemandem auf den Schlips zu treten oder gar zu kränken.
ansatzlos	Ein Spieler steht unbeteiligt irgendwo in der Nähe des Netzes mit tödlich gelangweilter Miene herum, schaut nach der Hallendecke, als würde er dort die Fliegen zählen, pfeift mit gespitzten Lippen irgendeine belanglose Melodie vor sich hin, obwohl die Murmel sich langsam auf sein Haupt niedersenkt. Und plötzlich, ohne daß man durch die hohe Geschwindigkeit seines Armes überhaupt eine Bewegung erkennen kann, zementiert er den Ball dem gegenüberstehenden Netzspieler an die Birne. Ansatzlose Schläge sind höchstens im Fernsehen und dann auch nur in Superzeitlupe als Bewegung überhaupt zu ahnen.
Anschreiber	Der Analphabet im Club, der gleichzeitig Legastheniker und auch sonst zu nichts zu gebrauchen ist, aber treu und unverbrüchlich zu seinem Verein steht und an ihm hängt.

Antenne

Er hofft, meist erfolglos, über dieses Sprungbrett in die aktiven Reihen eingegliedert zu werden, und tatsächlich gelingt es dem einen oder anderen Anschreiber doch, nach langen Jahren treuer Dienste am Trainingsbetrieb der fünften AH-Mannschaft teilnehmen zu dürfen. Er erhält dann das Privileg, das Netz auf- und abzubauen und nach dem Training mit unter die Dusche zu gehen.

---

anspielen

Die Trainerin gibt der Angreiferin durch die Blume zu verstehen, daß es für den Tabellenstand gar nicht so schlecht wäre, wenn sie im Schnitt jeden zehnten Ball, den sie serviert bekommt, irgendwie übers Netz befördern könnte. Und nicht nur jeden zwölften.

---

antäuschen

Am Anfang des Trainings so geschickt stolpern, daß man ganz spektakulär zu Boden geht, sich aber auf keinen Fall dabei verletzt, um für den Rest der Schinderei den Knöchel aufsehenerregend und mit schmerzverzerrter Miene unters kalte Wasser halten zu dürfen. Geheilt erscheint der Simulant in dem Moment auf der Bildfläche, in dem endlich gespielt wird.

Antenne

Langes, dünnes, stabförmiges Bauteil von Funk- oder Empfangsgeräten, das ein genialer Volleyballerfinder in das Volleyballnetz integrierte, um dem meist blinden Schiedsrichter mit einem Funksignal zu übermitteln, daß der Ball oder der eine oder andere Spieler dasselbige berührt hat. Dabei würde eine am Netz befestigte Glocke diesen Dienst wirklich besser versehen, sofern sie laut genug wäre, diesen Menschen gleichzeitig aufzuwecken (sofern er nicht auch noch taub ist, was öfter der Fall sein soll).

Anweisungen Löffelweise eingeflößte Lehrmeinungen des Trainers, die den Spielern die notwendigen Weisheiten vermitteln sollen. Es handelt sich um theoretischen Unterricht, um Trockenkurse an der Magnettafel, der zur Erholung vom Knochenschinden dient und die Gelegenheit gibt, den nachts in der Kneipe versäumten Schlaf nachzuholen (wichtig für die Leistungsfähigkeit im Spiel).

Anzeigetäfelchen Aushängeschild eines Vereins. Krummes, rostiges, fehlerhaftes Gewürge des Volleyballclubs, das die Armut des Vereins nach außen dokumentierend anzeigt. Im Gegensatz dazu die elektronische Computerzeitreklameauszeitsatzleuchtblinkprotzmaschine an der Hallenwand von renommierten und gut gesponserten Luxusvereinen.

Arbeitssieg Situation, wenn die Bequemlichkeit mit knapper Not doch noch über einen dräuenden Anfall von Arbeitswut siegt.

As Ball, der beim Gegner Berührungsängste entwickelt und beim Trainer frustwutstinksauerärgerliche Empfindungen auslöst, der aber beim Aufschläger oberaffengeile Gefühle erzeugt.

aufbauen Den Ball dreimal spielen, bevor er wieder über das Netz befördert wird. Da es einem Volleyballspieler aber oft schwerfällt, bis drei zu zählen, hilft die ganze Halle beim Zählen erst einmal laut mit.

Aufgabe Eine Mannschaft kriecht Mitte des dritten Satzes beim Stande von 0:2 und 0:12 kollektiv auf dem Zahnfleisch unter die Dusche und gibt sich selbst auf.

Arbeitssieg

aufpäppeln	Den Ball, der sich schon bis auf wenige Millimeter dem Hallenboden genähert hat, mit gütigem Zuspruch oder halsbrecherischen Todesstürzen und viel Verzweiflung und Gottvertrauen wieder in lebendigere Höhen hochwuchten oder unter Stoßgebeten (daß das keiner sieht) wieder hochschaufeln.
Aufschlag	Verträumtes, verführerisches Öffnen der Augen einer begeisterten Zuschauerin beim Erheischen eines Autogrammes.
Aufschlagraum	Getto, das jeder Spieler im Laufe eines Satzes immer wieder aufsuchen muß. Alle Augen ruhen nur auf ihm, und doch ist der Aufschlagraum das Zentrum der absoluten Einsamkeit. Diese peinliche Situation bewirkt, daß die Bewegungen der Hände und Arme nicht mehr präzise zu koordinieren sind. Statt machtvolle Hammerschläge ins hinterste Eck des gegnerischen Feldes zu plazieren, sinkt der Ball oft zentnerschwer gelähmt vor dem Netz zu Boden, nicht ohne vorher einen Clubkameraden, im Genick treffend, gnadenlos umzunieten.
Aufschlagrecht	Das elementare Lebensrecht eines katastrophalen Volleyballspielers, der andauernd alles vergeigt, morgens beim Erwachen trotzdem die Augen aufschlagen zu dürfen.
Aufsteiger	1.) Nach dem dritten volleytaischen Gesetz (auch Pingpong-Prinzip genannt) der sichere, kommende Absteiger der laufenden Saison. 2.) Am Netz hochsteigender Maurer, der den Ball gnadenlos vor dem Gegner in den Boden zementiert.

aufpäppeln

Aufwärmspiele

	3.) Ein Volleyball, der, von unten kommend, den Unterkiefer eines Mitspielers zuspielt, wenn dieser mit offenem Mund, über Gottweißwas staunend am Netz steht. Kann auch absichtlich geschehen, wenn ein Mitspieler während des Spieles zu viel quasselt und quengelt.
Aufstieg	Mit einem prompt gekoppelten Abstieg verbundener einjähriger Größenwahn.
Aufwärmspiele	Trostpflaster für die sechs Bedauernswerten, die beim richtigen Spiel nur mit den Hufen unter der Auswechselbank scharren dürfen.
Aus	Der am weitesten verbreitete Irrtum beim Volleyball: Aus oder nicht aus ist für die meisten Volleyballer wesentlicher als Sein oder Nichtsein und in Zweifelsfällen niemals eine Frage. Aber da gibt es halt noch schielende Linienrichter.
ausbaggern	Gegen Saisonende einen altgedienten Mannschaftskameraden, der sich schon längst zur Ruhe gesetzt hat, zu Hause aufsuchen, ihn aus den wohlverdienten Sielen aufschrecken und auf den Knien bitten, sich doch wieder zu reaktivieren, damit der Abstieg noch einmal verhindert werden kann.
Ausflug, Familien-	Zwangstermin für die arme Familie, in ein vollkommen uninteressantes, stinkiges Kaff am A... der Welt fahren zu müssen, in dem der Herr Papa ein Auswärtsspiel bestreiten muß. Und dabei scheint die Sonne endlich einmal, und alle anderen gehen zum Schwimmen.

Ausgemachtes
Im Volleyball gibt es Aus- und Eingemachtes. Das Ausgemachte sind Vereinbarungen vor Spielbeginn, die mit Sicherheit die absolute Garantie für einen Sieg gegen den Spitzenreiter in der Tabelle erbringen werden, aber im Eifer des Gefechtes immer wieder vergessen werden. Das Eingemachte sind die eisernen Reserven in der Abteilungskasse von zirka 7.– DM, 50 Schillingen oder 6 sFr. Dieses Kapital ist seit drei Jahren der Grundstock für neue Papageientrikots, die endlich als Ersatz für die alten verblichenen Lumpen angeschafft werden müßten.

ausgewechselt, wie
Spielstärke eines männlichen, bisher eher durchschnittlichen Patschers, der bei einem gemischten Volleyball-Turnier beim Anblick der weiblichen Feen in der Mannschaft auf einmal wie ausgewechselt erscheint und mit akrobatischsten Bewegungsabläufen plötzlich wie ein junger Gott aufspielt.

Ausschlag
Allergische Hautreaktion des Stellers. Sporadisch aufschießende Pickel, wenn die uneinsichtigen Gorillas nicht auf seine genialen Ideen eingehen.

ausspielen
Einen Gegner vorführen, lächerlich machen, ihm haushoch überlegen sein oder den Ball dreimal spielen, bevor er wieder über das Netz befördert werden soll. Eine diesbezügliche Aufforderung des Coachs wird unglaublich oft mißverstanden und mit „ins Aus spielen“ verwechselt, was schon Generationen von Trainern zur Verzweiflung brachte.

Ausgemachtes

Auswärtsspiel

„Was soll ich denn machen, meine Frau ist verreist.“

Auswärtsspiel Das größte aller Abenteuer im Leben eines Volleyballers, das sich Woche für Woche in allen Ligen der Welt wiederholt. Das beginnt damit, daß grundsätzlich ein Auto zu wenig am Sammelplatz erscheint. Das andere Auto (der Schrottwagen des Stellers) ist für die fünf anderen Riesentiere viel zu klein und nicht für sechs Personen zugelassen. Das macht aber nichts, denn der Weg führt präzise in einen Stau, und 3 km vor der gegnerischen Halle bekommt das Auto schließlich noch einen Plattfuß, oder es bleibt wegen abgenutzter Unterbrecherkontakte stehen, wenn nicht der Tank unverhofft leer ist. Und wer hat schon einen vollen Reservekanister im Auto.

auswechseln Unmutverursachende Untat des Coachs. Jeglicher Groll ist aber auch ehrlich echt nachzuempfinden und zu verstehen: Denn der Ausgewechselte ist aus seiner wirklich objektiven Sicht gerade mitten in einer wunderbaren Serie des Erfolges, und der Ausgewechselte ist für seinen ersten Einsatz heute beim Stand von 2:14 im fünften Satz bei Aufschlag des Gegners nicht mehr ganz so stark motiviert.

„Ausziehen!“ Ist nicht die im Chor gerufene Aufforderung der Gäste in einem Stripteaselokal, sondern vielmehr der erlösende Zuruf des Coachs an einen ständig mit den Hufen scharrenden Bankhocker, der damit aus der Ewigkeit auf das Spielfeld abberufen wird.

Außenposition Platz auf der Auswechselbank. Eine Position, die tausendmal mehr Überblick über ein Spiel bietet als die Trainerbank, der teuerste Tribünenplatz oder gar das Spielfeld selbst. Von der Auswechselbank sieht man präzise die kleinsten Fehler der eigenen Mannschaft und die subtilsten Schwächen des Gegners, man erkennt die Fehler der Schiedsrichter besser als mit der langsamsten Zeitlupe und erkennt vor allem die eigene, auf der Spitze der Leistungsfähigkeit befindliche, momentane Topform und Spielstärke wie kein anderer Mensch oder gar Coach auf der ganzen Welt.

B

baggern Den vor Scham im Boden versunkenen Trainer nach der Niederlage wieder ausgraben.

Ballberührung 1.) Heiß ersehnt von denen, die nie angespielt werden.
2.) Heiß ersehnt von denen, die andauernd auf der Bank sitzen.
3.) Heiß verflucht von denen, die nicht abschätzen konnten, daß der gegnerische Schlag ins Aus gehen würde.
4.) Heiß verflucht vom dritten Kontaktspieler, der den Ball einem vierten zugespielt hatte.
5.) Peinlich registriert von denen, die den Ball auf den Hinterkopf bekommen.

Ballschmeißen Sportart, von sogenannten Laien gespielt, bei der auf zwei durch ein Netz getrennten Spielfeldhälften ein Ball von jeweils sechs Spielern oder Spielerinnen maximal dreimal ohne Bodenberührung hin- und hergepatscht werden darf, bevor er über das Netz zum Gegner geschmissen werden muß. Aus der Sicht dieser Laien identisch mit dem sogenannten Volleyball.

Ballberührung

Besäufnis

Bänderzerrung — Das eigentlich so schicke, unverhältnismäßig teure, aber doch sehr juckende und störende Schweißband bei hoffnungslosem Spielstand ungeduldig vom Arm abstreifen.

Bankhocker — 1.) Einfacher rückenlehnloser Stuhl in einer Turnhalle, der im Gegensatz zu einem normalen einsitzigen Hocker für insgesamt sechs unterprivilegierte Spieler konstruiert wurde.
2.) Unglückseliger Volleyballspieler, der sein trauriges Sportlerdasein meist im Sitzen auf einem Bankhocker (siehe Bankhocker 1) fristen muß.

Besäufnis — Dem Zusammenschweißen der Mannschaft dienendes Suchtverhalten, das im Vergleich zu anderen gewinnbringenden Trainingsmaßnahmen immer wieder gerne praktiziert wird.

Bewegung, grobmotorische — Höfliche Umschreibung seltsamer Körperverrenkungen beim Volleyball, die bei weniger netten Leuten und meist gegnerischen Zuschauern hämisch meckernde Lachsalven hervorrufen. Lindernder Geheimtip: Man murmle laut und deutlich, daß man auf dem falschen Fuß erwischt wurde. Grobmotorische Bewegung muß durch geduldigen Aufbau eines hochqualifizierten Trainers umgeformt werden in die feinmotorisch kraftvolle Mechanik eines geschmeidigen und wildgeballte Urkraft verkörpernden Riesengorillas, der wie eine zierliche Ballerina anmutig über das Parkett tänzelt.

Blattschuß — Scharfe Aufgabe, die den armen schwachen Annehmer umnietet. Ein Blattschuß kann zusätzlich zu einem Plattschuß werden, wenn es sich um eine ganz besonders scharfe Aufgabe handelt, die den Annehmer an die Rückwand der Halle plättet.

Blickkontakt

Einzige Möglichkeit des auf der Bank versauernden Spielers, mit dem Ball Kontakt aufzunehmen.

Block, aktiver

Die auf dem Spielfeld versammelten, begnadeten Volleyballspieler. Nicht zu verwechseln mit den im Stande der Ungnade lebenden sechs auf der Bank, die den passiven (den leidenden) Block bilden.

Blocker

Schwergewichtiges Gerät mit langem Stiel und kurzen Borsten, mit dem das Parkett einer Sporthalle auf Hochglanz gebracht wird. „Es rast der Blocker" ist die Beschreibung dafür, daß der Trainer kurz vor dem Anpfiff eines Volleyballspieles noch geschwind versucht, wenigstens den Boden der Halle für das Spiel optimal vorzubereiten.

Blockpfoten

Mutation beim Kind von Volleyballeltern. Hände, die nach der Pubertät die Größe von Bratpfannen erreichen. Wie bei keiner anderen Sportart ist beim Volleyballsport die Gleichwertigkeit und Fraternisierung zwischen den Geschlechtern entwickelt (vergleiche Fußball und Boxen). Logischerweise stiftet diese Harmonie überdurchschnittlich viele Ehen mit maximaler Volleyballmutation bei den Kindern (Vorsicht Inzucht!). Gleichzeitig haben Volleyballspieler, die von nur einem Volleyballer oder gar mehreren Nichtvolleyballern abstammen, immer weniger Chancen, in diesem Sport Fuß zu fassen.

Block, aktiver

Blockschatten	Ein Schattenwurf, der ausnahmsweise nicht von der Sonne, der Hallenbeleuchtung oder dem Star der Volleyballmannschaft, sondern von den am Netz schwebenden Blockern ausgeht. Er ist so groß wie die eigene Spielhälfte minus die ungefähre Fußstapfengröße der Blocker unter denselben. Er muß von den restlichen Mitspielern möglichst lückenlos mit den schaufelbereiten Baggerpratzen ausgefüllt werden, damit kein Loch entsteht, durch das der Ball auf den Hallenboden entwischen kann.
Blockversuch	Zusammenrottung von Volleyballspielern am Netz, die dichtgedrängt hochspringen, um den hinteren Mitspielern nicht die Gelegenheit zu geben, zu sehen, wo der Ball gleich einschlagen wird.
Bodenkontakt	Der Boden ist ein heißes Eisen für einen Volleyball. Damit nichts anbrennt und der Ball auf keinen Fall mit diesem gefährlichen Medium in Berührung kommt, opfern sich lieber die Spieler, indem sie sich schützend zwischen Boden und Ball werfen, auch wenn sie sich üble, aufgeschürfte Brandwunden bei diesem Harakiri holen.
Bogenspannung	Krümmung des Rumpfes, die durch intensives Training die Klappmesserhaltung vorwärts und auch rückwärts möglich macht. Vergleiche Schlangenmenschen.
Break	Englisch für das Auseinanderbrechen eines total erschöpften Spielers.
Breitensport	Tätigkeit (zum Beispiel Volleyball), die, ohne profimäßig ausgeübt zu werden, den in die Breite gegangenen Durchschnittsbürger wieder auf eine schmalere Spur zurückbrin-

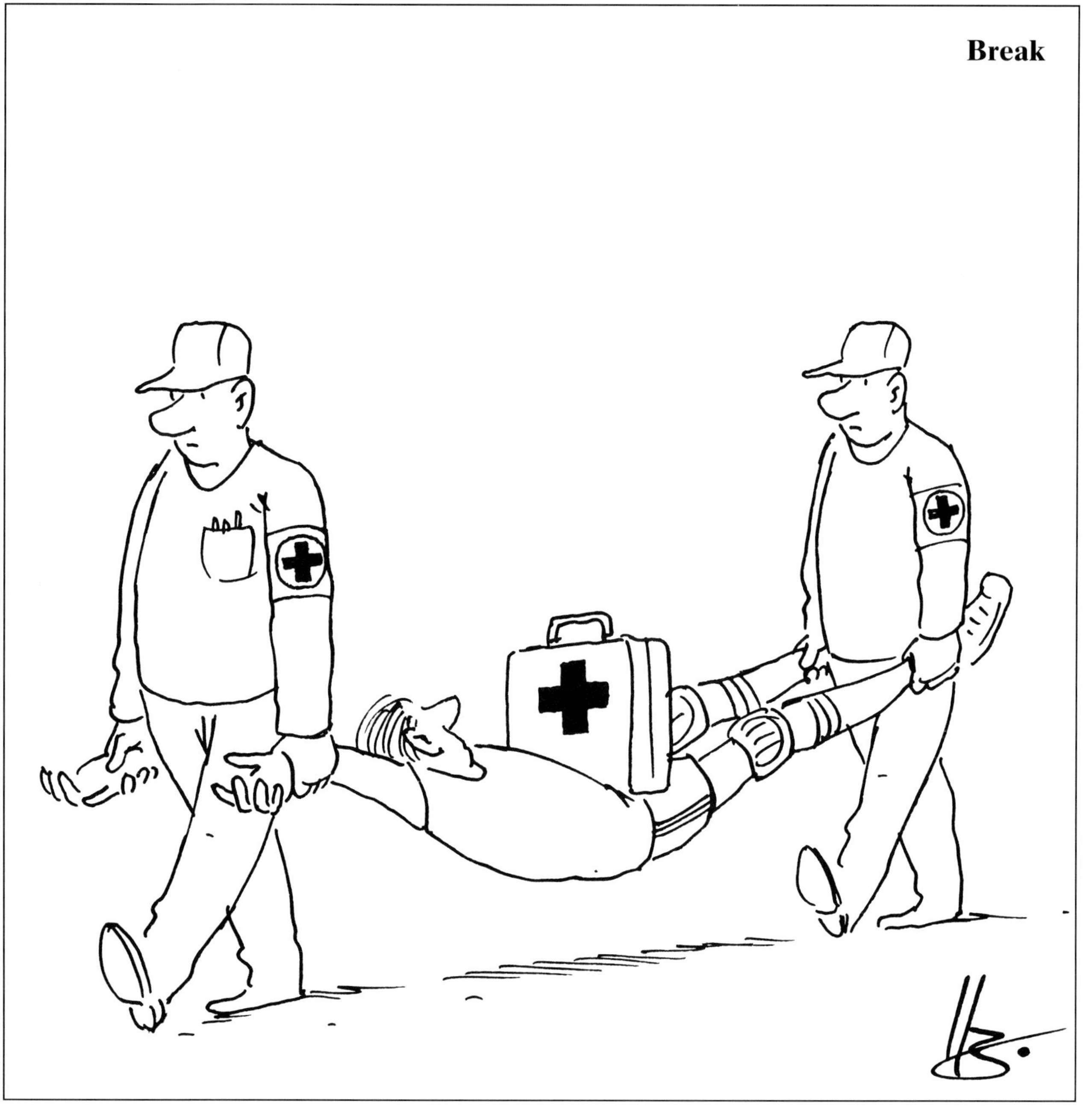
Break

Dackelgarage

gen soll. Nicht zu verwechseln mit einem Schmalspurvolleyballer, der, wegen seiner O-Beine so genannt, nicht so breitbeinig wie ein X-Beinvolleyballer daherkommt.

Brillenabschießen Beliebte Nebenbeschäftigung beim Volleyball. Möglichkeit, den blinden Gegenspieler dort drüben noch blinder werden zu lassen. Vorsicht! Dem Schiedsrichter die Brille von der Nase zu schießen, kann leicht ins eigene Auge gehen, da im weiteren Verlauf des Spieles die bisherige Benachteiligung noch gravierender werden könnte.

C

Catchergriff Notlösung, am Mitspieler angewandt, um endlich auch einmal an den Ball zu kommen.

coachquasseln Weise Ratschläge, die, von einem Endlosband abgespult, Tag und Nacht aus einem Trainer heraussprudeln. Aus diesem Grund sind Trainer auch (außer während der reinen Trainings- und Spielzeit) sehr vereinsamt.

D

Dackelgarage Bezeichnung für eine Halle (meist der gegnerischen Mannschaft) mit viel zu niedriger Decke, so daß selbst sehr flach gespielte Bälle dagegenstoßen. Diese Situation wird sehr gerne als fadenscheinige Entschuldigung für ein verlorenes Auswärtsspiel herangezogen.

Dampfhammer	Sportgerät beim Volleyball. Benutzt von den gorillaähnlichen Riesentieren vorne am Netz.
Deckenfehler	1.) Webfehler in der Wolldecke, die als Kälteschutz einer ausgewechselten Spielerin auf der Auswechselbank bei einem Winterspiel im Freien umgelegt wird. 2.) Der Fehler, den ein noch nicht ganz routinierter (früher handballspielender) Volleyballer begeht, indem er unter dem Netz durchtaucht, um einen Gegner abzuschirmen, damit das Anspielen durch einen Mannschaftskameraden verhindert wird. 3.) Loch im Dach der Volleyballhalle, durch zu engagiertes Schmettern auf den Boden vor dem gegnerischen Block beim Volleyballspielen verursacht.
Dehnung, passive	Verlängerung zum Beispiel des Außenbandes am Knöchel durch sehr intensives Stretching oder zu tölpelhaftes Auftreten beim Volleyballspielen.
Diagonalbagger	Gezieltes Umsetzen des ansausenden Aufschlages durch einen Abwehrspieler, der den Ball aus seiner geraden Flugbahn in eine Richtung schräg nach vorne an den verdutzten Kameraden vorbei ins Aus führt.
Dilettantenpatscher	Durchaus auch engagierter Volleyballspieler, der sich entweder erst seit einigen Minuten mit diesem hochkomplizierten Sport beschäftigt oder einen recht schlechten Trainer besitzt. Es soll aber auch Spieler geben, die nach jahrelanger Fleißarbeit eines hervorragenden Trainers immer noch zu dieser Kategorie zu zählen sind, obwohl sie

Diagonalbagger

Dusche

das selbst nicht im geringsten begreifen können. Dagegen ist ihr Selbstbewußtsein besonders stark entwickelt.

Drehschlag

Rundumschlag des enttäuschten Trainers, wenn er auch die auf der Bank versauernden unschuldigen Auswechselspieler verbal und handgreiflich in seine Teppichbeißorgie mit einbezieht.

Dreimeterraum

Schubladenförmiges Wohnklo von drei Quadratmetern (998.– DM Kaltmiete). Typische Luxussuite eines normalen mitteleuropäischen Volleyballvollprofis.

---

dreschen

Ein Riesentier schlägt vorne am Netz mit seinen dreschflegelartigen Armen so windmühlenmäßig um sich, daß jenseits des Netzes kein Gras mehr wächst.

Drivespezialist

1.) Der hoffnungsvolle Anschreiber stellt sich auch für Auswärtsspiele als Fahrer zur Verfügung, indem er mit seinem alten VW-Bus immer pünktlich zur Stelle ist.
2.) Der Ball wird aus Versehen nicht in der Mitte getroffen, und anschließend ertönt der Spruch: „Hab' ich heut' wieder einen trickreichen Drive drauf!"

Dusche

Da Hallensport meist in Schulturnhallen stattfindet: Wohltemperierter Wasserstrahl von eisigen 22 bis 23 ½ Grad Celsius, der mit Hilfe einer verkalkten, rostigen Armatur und des stärksten Mitspielers auf 24 Grad zu wuchten ist. Achtundsiebzig der üblicherweise vierundachtzig Öffnungen des Duschkopfes wurden im Zuge der Sparmaßnahmen zugekalkt, so daß das Hüpfen von einem Wasserstrahl zum anderen als Entspannungsübung nach dem Spiel zu werten ist. Der schlüpfrige Boden dieser Einrichtung wird vom häßlichen Hausmeister als Pilzzucht nebenerwerbsquellenmäßig benutzt. (Der arme Schlucker erhält ja wegen seiner Parkuhrüberwacherallüren nur zu Weihnachten eine Flasche gezuckerten Bestechungswein.) Es erübrigt sich darauf hinzuweisen, daß der Gastmannschaft in jedem Fall der andere Duschraum zuzuweisen ist, aus dessen Brausen ohnehin nur kaltes Wasser tröpfelt und dessen Heizung seit siebeneinhalb Jahren defekt ist.

duschen Wenn man in einer Mannschaft spielt, die andauernd verliert, aber dagegen in einer relativ neuen vereinseigenen Sporthalle residiert, das einzig Schöne beim Volleyball.

Dynamit Unerlaubtes Hilfsmittel, den Stuhl eines unbeliebten, aber hartnäckig an diesem klebenden Trainers in einen Schleudersitz zu verwandeln.

E

Eckball Wirklich nur beim Volleyball vorkommende Situation, wenn der Ball in die Hallenecke fliegt.

Effet Drall, durch raffiniertes Anschneiden mit der Handkante über die Handfläche dem Ball mitgegeben, damit dieser, den Gegner täuschend, ins Seitenaus fliegt.

Einspielphase Balz- und Plustertechnik vor dem Spiel, die sich zum Ziel setzt, den Gegner durch Augenblendversuche mit den Lamettaschwulstimponieranzügen Marke Protz & Show einzuschüchtern und die Damen auf den Zuschauerrängen durch imponierendes Tänzeln für sich zu gewinnen. Nicht

Dynamit

„Was müßt ihr denn plötzlich alle gleichzeitig aufs Klo rennen?“

Erholung, aktive

zu verwechseln mit der Ausspielphase, nach Spielschluß mit hängenden Köpfen auf der Suche nach einem Mauseloch klein und häßlich aus der Sporthalle zu verschwinden.

Erdanziehungskraft Heiß verfluchtes physikalisches Gesetz, das über Sieg und Niederlage entscheidet und im entscheidenden Fall zu Tränen rühren kann.

Erfolgsgeheimnis Den Ball niemals im eigenen Feld auf den Boden oder nach seiner Berührung ins Aus fallen lassen.

Erholung, aktive Hinterhältige Umschreibung des Trainers für sein Circletraining oder für das entspannende Verweilen im Kraftraum.

Ernüchterung Zustand nach dem Ausschlafen am nächsten Morgen nach dem langen Aufenthalt in der Kneipe (im Anschluß an ein verlorenes Spiel).

Ex-Spieler Von einem brutalen Trainer nach dem Ex-und-hopp-Prinzip verheizter Volleyballspieler.

F

Fachliteratur Alles Mist, außer diesem erstklassigen Lehrbuch, dem hier vor Dir liegenden Universalwerk, das durch Auswendiglernen aus einem fingerblutigen Patschanfänger einen brillanten Berufsvolleyballzauberer macht. Nachweislich wurden schon vierundsiebzig ehemalige Krüppel durch das Studium dieser Fachliteratur in einem einzigen Jahr zum wohlhabenden Weltmeister gepusht.

Fanblock

Fachwelt	Im Gegensatz zu allen aktiven Spielern und Trainern alle Zuschauer und alle Sportjournalisten, die sich in etwa für Volleyball interessieren und der Sinnestäuschung unterliegen, vom Volleyballsport etwas zu verstehen.
Fanblock	Fanatische Zuschauer eilen in hoffnungsloser Situation aufs Spielfeld und helfen, mit erhobenen Händen am Netz hochspringend, beim Verteidigen mit.
Fanclub	Die armen Familienmitglieder, die zu jedem Spiel mit antreten müssen, sich auch noch die Kehle heiser schreien und die Handgelenke, mit schweren Kuhglocken schwingend, ruinieren müssen. Dabei kann der Alte mit dieser Rentnertruppe niemals Meister werden und aufsteigen. In dieser Liga ist es andererseits aber auch unmöglich, abzusteigen.
Faultiere	Drücken sich vor Trainingsanstrengungen. Teilen sich aber ihre Kräfte sehr sorgfältig ein und sind deshalb am schnellsten unter der Dusche.
Fingerbluten	Kriterium für einen scharfen Trainer, einen Spieler im Training dann erst unter die Dusche zu entlassen.
Finten	Die Behauptung unzuverlässiger Ehepartner, zum Volleyballtraining gehen zu müssen, um sich dann aber anderweitig zu vergnügen. Und dabei werden die raffiniertesten Tricks angewandt, damit beim nächtlichen Nachhausekommen das Trikot auch wirklich verschwitzt und das Handtuch naß ist.

Fisch Obwohl es auf dem Spielfeld wirklich viele und höchst merkwürdige und tierische Tiere gibt, hat man einen real existierenden Fisch noch selten auf einem Volleyballfeld finden können. „Ich glaube, ich bin ein Hering“ murmelte trotzdem der Nationalspieler Roland Scheel mit schiefem Blick, als er einmal im Netz zappelte. Aber da er im Juni geboren war, konnte das überhaupt nicht stimmen.

Flatterbatscher Unqualifizierter Volleyballspieler, der trotzdem bei Personalmangel zu gebrauchen ist, weil seine Aufschläge so unkontrolliert durch die Gegend flattern, daß auch der beste Gegner damit nicht klarkommen kann.

flattern Merkwürdige, ohne medizinische Hilfsmittel beim Volleyballer leicht zu diagnostizierende Bewegung kranker Nerven in kritischen Situationen eines Satzes. Diese Gemütsbewegung kann sich sogar auf einen besonders sensiblen Volleyball übertragen und Ursache für das erstgenannte Nervenflattern sein.

Flugball Ein Volleyball, der fliegen kann. Man sollte allerdings nur domestizierte und handzahme Flugbälle zu einem Volleyballspiel benutzen. Sonst kann es einem immer wieder passieren, daß der Flugball davonfliegt oder sich unerreichbar für die Spieler auf einen Balken unter dem Hallendach setzt und schadenfroh heruntergrinst.

Frauenmannschaft Wie sind wir doch mit der deutschen Sprache geschlagen (vergl. engl. einfach „the“ und „team“). Wie der Name schon andeutet, handelt es sich um eine Gruppe von Frauen, die Männer sind. Das Gegenteil dazu ist eine Männerfrauschaft. Nicht unberücksichtigt bleiben darf bei

Fisch

Führungsqualität

„Ihr könnt mir glauben, Jungs,
dem Plan nach, der mir übermittelt wurde,
stehe ich vorm Eingang der gegnerischen Halle.“

dieser Gelegenheit die seltene und exotische Sonderform einer Männermannschaft (Männer, die noch Männer sind). Sprachlich ungeklärt ist nach wie vor die Bezeichnung eines Damenteams von über vierunddreißig Jahren. Altherrenmännermannschaft ist kein Problem und lang geübt. Altherrendamenmannschaft scheitert an der unaussprechlichen Konstruktion des Wortes. Der Vorschlag aus der Alternativ-Innenszene „Altfrauenfrauschaft" scheitert daran, daß auch Männer dieses Wort gebrauchen müssen, und da Männer wohl immer Kavaliere sind, können sie so ein Wort nicht aussprechen. Altfrauenherrschaft kann nicht benutzt werden, da dieser Begriff schon anderweitig besetzt ist. Mein Vorschlag: Mutterschaft.

Führungsqualität Obwohl das Führen im Volleyball eine streng verbotene Sache ist, wundern sich selbst die Fachleute immer wieder, daß es trotzdem einem Trainer ab und zu einmal gelingt, nicht vollkommen ignoriert zu werden. Es soll zum Beispiel immer wieder vorkommen, daß eine Mannschaft ihren Trainer dermaßen bedingungslos respektiert, daß sie, wenn nur er alleine den Weg zur gegnerischen Halle kennt, sich lammfromm von ihm dorthin führen läßt.

Führungsstil Die Art und Weise, so vorsichtig und behutsam mit einem Coach umzugehen, daß er sich nicht beleidigt eine andere Truppe sucht. Nicht zu verwechseln mit dem sogenannten Führungsstiel, dem Knüppel aus dem Sack eines energischen Trainers.

---

fünfzehn Absolute Schicksalszahl des Volleyballers. Jetzt schlägt's Fünfzehn: Eine Situation, die jedesmal zu wildem Heulen unterschiedlicher Qualität auf beiden Seiten des Netzes führt.

G

Gegner

Zu bekämpfendes Wesen, das vor ganz direkten Angriffen vorsorglich durch ein Netz abgeschirmt wird. Nicht zu verwechseln mit einem Feind, der manchmal mehr in der eigenen Mannschaft oder auf den Zuschauerbänken zu finden ist.

Gelenke

Hochsensible kleine Scharniere an grobklotzigen, riesigen Volleyballmaschinen, die offensichtlich durch einen Konstruktionsfehler unterdimensioniert, rostanfällig und zu schwach sind, und andauernd bandagiert, getapet, abgeschmiert, tröstend besprochen, gekühlt, erwärmt oder in der orthopädischen Werkstatt repariert oder gar ausgewechselt werden müssen.

Gleichstand

Die Theorie, daß alle zwölf Spieler einer Volleyball-Mannschaft gerecht behandelt und während eines Spieles paritätisch und kameradschaftlich reihum und regelmäßig eingesetzt werden. Sollte ein Leser diesen Gleichstand aus einem ihm bekannten Volleyballclub kennen, möge er dies bitte umgehend der Redaktion des Guinessbuches der Rekorde melden.

Granate

Heimliches Vertauschen des Volleyballes mit einem ballistischen Sprengsatzgeschoß aus Bundeswehrbeständen. Schlägt oft so brutal in des Gegners (natürlich niemals in der eigenen) Hälfte ein, daß kein Auge trocken und keine Frisur ungescheitelt bleibt.

Gelenke

„Tja, den Gelenken nach tippe ich auf Jahrgang 1905."

Grufti Ein Volleyballspieler, der sich am Tag nach seinem vierunddreißigsten Geburtstag immer noch getraut, zum Training die Halle zu betreten.

Gurke Da es rein rechnerisch vollkommen unwahrscheinlich ist, daß sich in einer Mannschaft exakt sechs oder gar zwölf gleichwertige Spieler befinden, gibt es ein Gefälle der Qualität innerhalb jeder Mannschaft, und der Letzte in dieser Hierarchie wird zur besseren Unterscheidung eben einfach als die Gurke bezeichnet. Nebenbei: Der Vorletzte ist die Krücke, der Drittletzte die Pflaume, der Viertletzte der Blödi, der Fünftletzte der Doofi, der Sechstletzte die Flasche und der Siebtletzte der Looser.

gut Charaktereigenschaft eines Volleyballes, die beim Kauf ganz penibel erkannt und beachtet werden muß. Zum Einkaufen der Volleybälle schickt man am besten einen Schiedsrichter, denn nur ein Schieri kann letztendlich am besten entscheiden, ob ein Ball gut war oder nicht.

H

Händedruck Ein Volleyballer ist spätestens bei der Begrüßung an der spezifischen Handwölbung beim Handschlag zu erkennen. Es bildet sich der typische Hohlraum zwischen den zwei Handflächen der sich Begrüßenden. Reichen sich gar zwei gestandene, ausgewachsene Volleyballtiere die Hände, reichte der Hohlraum dazwischen aus, darin einen Volleyball zu verstecken.

Gurke

Hakenkönig

„Tut mir leid für dich, aber wir brauchen heute jeden Punkt."

Hakenkönig Unqualifizierte Volleyballflasche in der Verteidigung, die aber zumindest immer denselben Kleiderhaken in der Umkleidekabine mit Zähnen und Klauen erfolgreich zu verteidigen weiß.

Hakenschlag Besondere Technik beim Volleyball. Deshalb ist es nicht verwunderlich, wenn man in erfolgreichen Volleyballmannschaften mindestens ein Häschen vorfinden kann.

Halle, gegnerische Stinkender Schuppen mit einem Bodenbelag, der einem Kartoffelacker gleicht und auch noch mit Schmierseife behandelt erscheint. Gegnerische Hallen zeichnen sich auch durch üble Lichtverhältnisse, zu hohe oder durchhängende Netze, zugige Duschräume mit rinnsalenden Lungenentzündungsduschen, kalten Heizungen und widerlichen Hausmeistern aus.

Hallenbeleuchtung In auswärtigen Hallen anscheinend durch Petroleum, wenn nicht durch Karbid gespeiste Lichtquellen, die den Ball nur unwirklich und schemenhaft plötzlich auftauchen lassen. Ein Umstand, der der Heimmannschaft durch die Gewöhnung daran ungeheure Vorteile verschafft.

Handgelenkpeitsche Waffe und Züchtigungsmittel einer bestimmten Kategorie von Trainern, zu jeder Tages- und Nachtzeit an dessen Handgelenk baumelnd. Dieses Gerät wird rücksichtslos in Abwechslung mit der Zuckerdose im Training eingesetzt. Trainer sind immer entweder ehemalige Chorknaben oder, falls sie zu der oben genannten Kategorie zählen, ausrangierte Sklaventreiber oder Seziergehilfen.

Hausmeister Verhinderter Hauptgefreiter. Cerberus, der sich, nur um einmal im Jahr zu Weihnachten eine Flasche Wein als Schmiergeld zu erhalten, das ganze Jahr wie ein sperriger, giftiger, fauler Kettenhund benehmen muß. Er erscheint grundsätzlich zwei Minuten nach dem Training oder nach einem Spiel, ohne das Bedürfnis, sich waschen zu wollen, in den Duschräumen, unter dem fadenscheinigen Vorwand, es sei wieder einmal viel zu spät.

Hexenschuß Nur in Damenmannschaften vorkommende Art, den Ball über das Netz zu befördern.

Hinterzone Einschlagstelle der Aufschlagbomben.

I

Ichsucht Egoismus. Im Volleyballsport weit verbreitete Sucht, die durch den schrillen Schrei „Ich!" lautstark dokumentiert wird.

Individualtaktik Ein einzelner Volleyballspieler verläßt aus irgendeinem Grund beleidigt vorzeitig die Halle und geht unter die Dusche.

irren Mangelhaft ausgebildetes Vermögen, bis drei zu zählen. Sehr weit verbreitete Erscheinung bei Volleyballern. Entweder schlagen sie den Ball, der gerade übers Netz kommt, sofort oder spätestens als zweiter Spieler wieder zurück, oder sie stellen mit der dritten Ballberührung den Ball ihrem Angreifer traumhaft gut vor die Netzoberkante.

Hinterzone

Karriere, aktive

„Was soll das heißen, du findest in meinem Leben keinen Platz mehr?“

K

Kader Muskelschmerzen am nächsten Tag nach zwei Stunden gnadenloser Sklaventreiberei durch den Trainer.

Kameradschaft Schonen eines Mitspielers der eigenen Mannschaft, indem man ihn nie in die Verlegenheit bringt, mit dem Ball in Berührung zu kommen oder gar mit dem Ball irgendeinen Fehler begehen zu können. Die Kameradschaft geht damit so weit, daß der echte Freund den Ball immer gleich wieder zum Gegner zurückspielt, um etwaig entstehende Fehler immer auf die eigene Kappe nehmen zu können.

Kapitän Seemann mit Befehlsgewalt. In einem Volleyballspiel an der Armbinde zu erkennen. Der Kapitän hat umfangreiche Befugnisse, Rechte und Pflichten. Betritt ein Kapitän die Halle, muß der Schiedsrichter Seite pfeifen, läuft die Mannschaft Gefahr zu verlieren, muß der Kapitän das Ruder herumreißen, ist die Mannschaft sang- und klanglos untergegangen, muß der Kapitän als letzter die Halle verlassen.

Karriere, aktive Als Auswechselspieler, als Funktionär, Sponsor, Anschreiber, Zeugwart oder als Zuschauer sich als Dazugehöriger fühlen.

Karriere, passive Auf der Bank, als Funktionär, Sponsor, Anschreiber, Zeugwart oder als Zuschauer unter Nichtstunkönnen leiden.

Karriere, richtige Einer der drei Glücklichen zu sein, der als Mitteleuropäer mit Volleyball einen Haufen Geld verdient.

Killerinstinkt	Charaktereigenschaft eines Clubmitgliedes, das es mit perfektem Intrigieren fertigbringt, den Trainer oder den Vorstand abzuschießen.
Kneipe	Entspannungsbad nach dem Spiel, in dem der Magen, der Darm und die Leber zur Beruhigung der Gemüter gebadet werden.
Knie	Unvorteilhaft nach vorne ragender (andauernd auch noch kaputter) Körperteil, der leider immer wieder regelwidrig die Netzoberkante berührt. An der chirurgischen Abteilung der Volleyballuniversität von Lohhof wurden schon Versuche gemacht, das Knie nach hinten zu drehen. Diese anatomische Variante, die zwar die Grazie des Flamingos erzeugt, muß aber als gescheitert betrachtet werden, weil dann eben den hinten sichernden Mitspielern andauernd die Knie in die Nasen gerammt werden.
Knieschützer	Dicke Wülste an den Knien, die verhindern sollen, daß man mit den spitzen Knien seine Mitspieler verletzt, und daß beim Hechtbagger der Hallenboden durch den Knieschweiß zu glitschig wird.
Knöchel, blauer	Dauermarkenzeichen eines engagierten Volleyballers.
Kotrainer	Nach dem Spitznamen des berühmten Hilfscoachs der schwäbischen Nationalmannschaft Rainer Schis benannter Assistent eines Volleyballtrainers.
Kraftbolzphase	Kurz vor Saisonbeginn geknüppelte Trainingsphase, von einem Trainer erfolgreich angezettelt, der die Gottesgabe besitzt, eine Mannschaft mit blauen Himmelsversprechen

Kotrainer

zu motivieren und ihr mit großen Augen das Märchen von der diesjährigen Meisterschaft einzuträufeln.

Kraftraum

Moderne Form einer Galeere. Hier wird allerdings im Vergleich zum Altertum die herausgequälte Kraft nicht in die Fortbewegungsenergie eines Schiffes umgesetzt, sondern verpufft nutzlos im leeren Raum. Diese nicht erneuerbare Energie soll allerdings in Zukunft nicht mehr einfach vergeudet werden, sondern nach einem von mir angemeldeten Patent nutzbringend umgesetzt werden. Die Foltermaschinen werden bei dieser Erfindung an Generatoren angeschlossen, die einen 220 Volt Wechselstrom erzeugen. Dieser Strom wird dann gewinnbringend in das öffentliche Stromnetz eingespeist. Nach meinen Berechnungen werden damit alle Kern- und Kohlekraftwerke überflüssig und die Volksgesundheit erheblich gefördert. Nutzt man gleichzeitig noch den nicht unerheblichen Wind, den die meisten Volleyballer machen, wenn sie nach einem Spiel zu Hause von ihren Schmetterbällen und Hechtbaggern erzählen, ist die Energieversorgung in der Zukunft umweltschonend gewährleistet.

Krawatte, rote

Merkmal des engagierten oder vom Trainer mit der Peitsche gejagten Volleyballspielers gegen Ende des Trainings. Bei näherem Hinsehen entpuppt sich die scheinbare Krawatte allerdings als die Zunge, die nach dem Zuckerstückchen des Trainers lechzt.

Kurzschuß

Ein Ball landet zu knapp getimed im Netz. Ein Kurzschuß des Spielers führt gelegentlich zu einem Kurzschluß beim Coach.

Kraftraum

Laktatwert

L

Laktatwert Wert und Klassifizierung beim Training nach neuesten sportmedizinwissenschaftlichen Erkenntnissen. Der minimale Nutzeffekt, den die neuen Milchgesichter in der kommenden Saison für die alte erfahrene Mannschaft bringen.

Lauerauge Treffendere Bezeichnung für den Verteidiger, der in gierig geduckter Wildkatzenhaltung nach dem in wenigen Sekunden anflatternden Aufschlag lechzt.

Laufbahn Karriere. Der Weg, der im günstigsten Fall vom Ministatus über die Bundesliga zur Weltmeisterschaft führen kann. Meist beschränkt sich die Laufbahn allerdings auf die paar Quadratmeter im Hallenhintergrund, auf welchen der dann doch nicht eingesetzte Auswechselspieler zum nutzlosen und nur als Taktik gedachten Warmlaufen hin- und herrennt, um den Schiedsrichter nervös zu machen.

laufen Begriff aus der Welt des Sports. Hat mit Volleyball aber nur insofern was zu tun, als man jeweils am Beginn eines Satzes auf das Spielfeld und am Ende desselben wieder herunterläuft. Da ein Spieler während des Spiels seine genau markierte Position besitzt und diese auf jeden Fall auch strikt halten muß, ist das störende Umherlaufen zwischen den Beinen der Kollegen während den Aktionen sehr verpönt.

Läufer Einer der bedauernswertesten Volleyballspieler, der bei einem Spiel nie richtig eingesetzt wird, höchstens auf der Bank versauert und deswegen früher oder später, wenn die

	anderen um Punkte kämpfen, nach Hause läuft und mißmutig die Bettdecke über den Kopf zieht.
Letzte Rettung	Alle Spieler werden in hoffnungsloser Situation im dritten Satz beim Stand von 3:13 und 0:2 ausgewechselt, woraufhin das Spiel aus der Sicht der Eingewechselten überraschend knapp mit 4:15 verloren wird.
Lieblingsposition	Der Platz vor immer demselben Kleiderhaken in der Umkleidekabine. Und wehe, es erlaubt sich ein neu zu der Mannschaft Gestoßener, den uns so heimischen Haken zu benutzen und die vertraute Atmosphäre zu stören.
Linienrichter	Ein Blinder, der einen Schielenden beim Sehen unterstützt.
Lob	Anerkennende Äußerung des Trainers über einen gelungenen Lob oder Schmetterball. Eher verdorrt allerdings einem echten Trainer die Zunge, bevor ihm vor Erreichen der Meisterschaft ein Lob über die Lippen kommt.
Lob-King	Ein Trainer, der seine Mannschaft unentwegt aus Opportunismus lobt. Meisterwürden konnte damit allerdings noch niemand einsammeln. Vergleiche den wesentlich erfolgreicheren Slave-King.
Loch in der Abwehr	Loch bzw. Leuchter ist der halbierte bzw. harmlosere Ausdruck für die Halbmenschen in der Abwehr, die es nicht fertigbringen, diese harmlosen Eier unter Kontrolle zu bringen.
Lokalderby	Am Computerspielautomat in der Kneipe Volleyball spielen.

Linienrichter

M

meckern Mutierte Form der Verständigung, die während eines Volleyballspieles oder -trainings immer wieder zu vernehmen, aber niemals zu verstehen ist.

Medizinball Im Training verwendeter Ball, der geringfügig schwerer ist als der Volleyball. Der Medizinball wird vornehmlich zum Trainieren des Aufschlages und des Annehmens durch die Verteidiger aber auch zum Pritschen und Schmettern benutzt. Im richtigen Spiel kommt einem dann der normale Ball unendlich viel leichter vor, und man kann diesen dann mit unglaublich höherer Kraft spielen als jenes Trainingsmittel. Vorsicht! Immer wieder werden vor sich hindösende, unaufmerksame Mitspieler von Medizinballaufschlägen totgeschlagen. Der badische Nationalspielertrainer Michael Mahler malt den Teufel in seinem Lehrbuch „Bis zum letzten Atemzug begeistert volleyballern“ an die Wand: Mahler bezeichnet und begrüßt diese Art, plötzlich und unerwartet aus dem Spielbetrieb auszuscheiden, als „natürliche Auslese“.

Mitgliedsbeitrag Ungerechtfertigter, viel zu teurer Obulus, der aber in der Regel nicht nur ignoriert, sondern ganz einfach totgeschwiegen wird.

Mittelblocker Hase, den der gegnerische Igel (Zuspieler) hin und her hetzt. Den Mittelblocker erkennt man an seiner roten Krawatte (siehe dort), die ihm nach kurzer Zeit aus dem Halse hängt.

Medizinball

Mixed-Turnier

Mittellinie Ein kleiner Bereich auf dem Spielfeld, wo sich die Gegner durchaus auf die Füße treten können, ohne dafür bestraft werden zu müssen. Es sei denn, unter dem gegnerischen und eigenen Fuß befindet sich keine Mittellinie mehr, sondern nur noch reines gegnerisches Feld.

Mixed-Turnier Endziel des Volleyballerdaseins. Nicht die Meisterschaft oder die Olympiateilnahme sind die Hauptsache im Leben, sondern (nach Freud) der Trieb, dem anderen Geschlecht zu imponieren. Vorstufe eins bedeutet, Frauen oder Männer auf der Tribüne zu wissen, Vorstufe zwei ist ein Turnier mit parallelen Damen- und Herrenspielen.

Morgan, W. C. Erfinder des Volleyballspieles. Morgens im Badezimmer, im Anblick der quer durch den Raum gespannten Wäscheleine, die mit seinen Netzunterhemden bestückt war, kam ihm die Erleuchtung, eine gemütlichere Sportart als das doch sehr anstrengende Basketball zu erfinden.

N

Nationalmannschaft Elitetruppe, deren Mitglieder alle maximalen Eigenschaften besitzen. Sie sind also die zwölf sensibelsten und am schnellsten beleidigten, eigensinnigsten und wehleidigsten Spieler eines Landes.

Netz Vorrichtung auf dem Volleyballfeld, die genau wie beim Fußballspiel dazu da ist, den Ball einzufangen. Im wohltuenden Gegensatz zum Fußball trennt es die beiden Mannschaften.

Netzspannung Zweihundertzwanzig Volt, unter denen das Volleyballnetz steht, wenn es während des Trainings von einem brutalen Trainer an die Hallensteckdose angekoppelt wird. Gnadenlose Trainingsmethode, die die Spieler vor Netzberührung abschrecken soll.

Neuzugang Oftmals sehr erfolgreiche Methode, eine Mannschaft zu verbessern und sich in der neuen Saison weiter oben anzusiedeln. Da dem bundesdeutschen Volleyball, wie im gesamten Sport, eines der drei wertvollsten sportlichen Länder als Neuzugang (und auch noch kostenlos) in den Schoß gefallen ist, siedeln sich jetzt die beiden deutschen Volleyballnationalmannschaften erheblich weiter oben an. (Der Ausdruck „die beiden deutschen Mannschaften“ bezieht sich jetzt nicht mehr auf Ost und West, sondern auf Damen und Herren.)

P

Pratzenmauer Blockteil einer bayerischen Volleyballmannschaft.

Pritschen Zusammenhalten der Hände, um ein Körbchen zu bilden, damit der Ball zielsicher und genau zu spielen ist. Doch immer wieder driftet der Ball in eine unvorhergesehene Richtung, weil der Spieler seinen Gichtknoten am Daumengelenk nicht berücksichtigt. Pritschen ist nicht zu verwechseln mit den gleichnamigen Tragbahren, auf denen ohnmächtige Volleyballtrainer nach einem vergeigten Spiel weggetragen werden.

Neuzugang

„Kommt für uns nicht in Frage, Chef. Er bringt es nur auf schlappe dreivierzig.“

Profi Da der Ball beim Volleyballspiel maximal fünfmal berührt werden kann, bevor er wieder über das Netz fliegen muß, kann man sich leicht seinen Lebensunterhalt mit Volleyball verdienen. Man stellt sich dumm und wettet dazu einfach nur in unbedarften Volleyballerkreisen darauf, daß der Ball fünfmal berührt werden kann (Block wird gestreift plus Doppelschlag in der Abwehr) und man wird dadurch als Volleyballprofi stinkreich.

protokollieren So tun als ob. Der Anschreiber erweckt den Anschein, als wüßte er immer, welche Nummer zum Aufschlagen dran ist.

Punkter Englisch für einen über das Netz spielenden Volleyballer mit merkwürdiger Haartracht. Punkt er oder punkt er nicht, das ist die Frage nach einem Volleyballspieler mit farbig angemalten Haaren, die meist nur in der Mitte des Kopfes senkrecht nach oben stehen.

Q

Quotenregelung Vorschrift, daß in einem Mixedspiel immer drei Frauen und drei Männer auf dem Feld sein müssen.

R

regelgerecht Fiktion eines Volleyballspieles, das durch die gerechte Anwendung der Regeln ein gerechtes Ergebnis erfährt. Hat mit der Wirklichkeit nichts zu tun.

Profi

„So eine hätte in unserer Mannschaft ihren Stammplatz sicher.“

Riesen

„Verdammt noch mal, wo bleibt denn der Neue?“

Reservist	Ehemaliger Bundeswehrsoldat. Die besseren Volleyballspieler sind für einen strengen Trainer durchweg die Reservisten, da sie in der „Schule der Nation“ eine sogenannte „Disziplin“ erlernen mußten.
Riesen	Speziell für den Volleyballsport gezüchtete Amerikaner. Zu erkennen an den flachen Schädeldecken, die durch permanentes Aufschlagen an der Hallendecke entstanden sind. Da der Kopf aber bei den Netzspielern ohnehin nicht zu gebrauchen und eher im Wege ist, wird das Schädelabflachen als ein wichtiger Bestandteil des Trainings angesehen.
Rotation	Von den Grünen im Bundestag abgekupferte Methode im Volleyballsport, einen gut eingespielten Menschen auf dem Höhepunkt seiner Fähigkeiten von dieser Stelle abzulösen und ihn woanders weniger effektiv einzusetzen. Nicht zu verwechseln mit dem Trainer einer Volleyballmannschaft, der erst durch das Inspizieren seiner Mannschaft regelmäßig ins Rotieren kommt.
Rotationsfehler	„Das Spiel wurde natürlich erneut nur deshalb verloren, weil der Coach, der elende Versager, mich schon wieder auf der Bank vergessen hat.“
Rotationsklemmer	Ein Versager in den eigenen Reihen verursacht eine Punkteserie beim Gegner. Es können auch zwei, drei, vier oder fünf Verursacher sein. Aus der Sicht der Auswechselbank können es sogar auch sechs Versager sein, die einen Rotationsklemmer verursachen.

rotieren Ein Trainer, den seine Mannschaft ins Grab gebracht hat, fängt dort unten an durchzudrehen, wenn seine ehemalige Mannschaft endlich seine Anweisungen befolgt und trotzdem verliert.

Rücktritt Der unumstößliche Entschluß, niemals mehr einen Volleyball in die Hand zu nehmen. Dauerhaftes Versprechen, das in der Regel sonntags nach einem verlorenen Spiel ausgesprochen wird und oft sogar bis zum nächsten Training am Dienstag hält.

S

Sackzumachen Haushohe Überlegenheit selbstbewußt dokumentieren. Beliebtes Spiel, das, bei sicherem Vorsprung (12:5 bei 2:0 im dritten Satz) gespielt, in der Regel zu einer knappen und verdienten Niederlage nach fünf Sätzen und damit zu einem gerechten Ergebnis führt.

Saisonbeginn Zeitspanne von zwei Wochen voller Harmonie, Euphorie, Siegeswillen und Trainingsfleiß bei allen Mannschaften einer Liga. Nicht zu vergleichen mit Saisonende (siehe dort).

Saisonende Zeitspanne von einigen Wochen voller Disharmonie, Zerknirschtheit, Untergangsstimmung und Trainingsüberdruß bei fast allen Mannschaften einer Liga. (Doch siehe jetzt gleich wieder unter Saisonbeginn.)

Saisonende

„. . . und so ist es mir eine große Freude, Ihnen mitteilen zu dürfen, daß Ihr Punktestand von 0 : 46 Aufnahme ins Guinness-Buch der Rekorde findet.“

Schlangenmensch	Durch intensives Volleyballtraining erreichte Mindest-Elastizität und Bogenspannung des Rumpfes, die es erlauben, den Kopf entspannend sowohl auf den Hintern als auch in den Schoß zu legen.
Schmetterling	Starker Netzspieler.
schmettern	Einen Ball mit einer solch hohen Geschwindigkeit auf den Weg ins gegnerische Feld bringen, daß dort drüben so schnell kein Gras mehr wächst. Nicht zu verwechseln mit den gesangsähnlichen Geräuschen, die eine siegreiche Mannschaft anschließend im Clubhaus in euphorischer Stimmung von sich gibt.
Schnellkraft	Starke Kraft, die nach dem ersten Satz schnell wieder nachläßt.
Schulferien	Die schrecklichste, Fegefeuerzeit genannte Periode, in der die Volleyballer und Volleyballerinnen wie hungrige, ausgemergelte Wölfe nervös um die hermetisch verriegelten Turnhallen streichen.
„Schuß"	Kommando des Coachs zur Exekution des Gegners durch den Henker auf Position IV. Vergleiche Gnadenstoß.
Schweiß	Stoff, der hauptsächlich gemeinsam während des Trainings produziert wird und zum Zusammenschweißen der Mannschaft dient.
Schwerkraft	Die übelste aller physikalischen Kräfte. Sie zerrt den Ball und den müden Spieler unwiderstehlich zu Boden.

Schwerkraft

„Eine reine Vorsichtsmaßnahme. Ihre Sprungkraft ist geradezu beängstigend.“

spätberufen

„Soviel ich weiß, hat sie jahrelang Handball gespielt.“

spätberufen

Hauptsächlich mittelmäßige Basket- und Handballer finden erst im fortgeschrittenen Alter zum Volleyball und dann zu ihrer wahren Größe, wenn sie sich beim gemütlichen Volleyball zur Ruhe setzen wollen. Geli Weig, die nie auf einen grünen Zweig in ihrem achtklassigen Faustballverein FbV Pfullendorf an der Schnaffel kam, ist dafür ein vielsagendes Beispiel. Und nun donnert sie, wie jeder weiß, mit eiserner Faust als deutsche Legionärin beim italienischen Meisterclub VC Merian für einige Millionen (Lire im Jahr) die weiße Murmel über die Schnur. Nebenbei: Ist es nicht ein Jammer, daß nicht nur im Fußball die besten deutschen Talente jahrelang da unten bei den Spaghettis versickert sind? Aber mit diesem, die Massen nun endlich begeisternden, hier vorliegenden Buch und dem genialen Spot „Volleyball macht Spaß“ werden jetzt Millionen in die Hallen strömen und mit ihren Milliarden die Talente im Heimatland fesseln.

Spiel, vercoachtes

Spielverlust durch Einsetzen der falschen Spieler. Aus der Sicht der Bankhocker (siehe dort) ist jedes verlorene Spiel vercoacht. Das Glück einer ganzen Nation kann sogar vercoacht, also verspielt werden, wenn z.B. private Emotionen verquickt werden. Typisch die Situation im WM-Endspiel 1991, als sich im letzten Satz beim Stande von 12:14 die bis dahin noch nicht eingesetzte Starstellerin der Nationalmannschaft von Sauerland, Bettina Bankstahl, sauer von der Bank stahl, um vorzeitig zu duschen. Sie hatte nicht den Coach, sondern den Star der Herrenmannschaft erhört. Zum Glück ging das Spiel verloren.

Spielwitz	Ein Spiel ist so langweilig, daß sich die Spieler zur Unterhaltung Witze erzählen. Nicht zu verwechseln mit manch einem Volleyballspiel, das ein Witzspiel ist.
Sponsor	Masochist, Millionär ohne Erben.
Sporttasche	Manchmal ein Beutel mit individueller, persönlicher Duftnote, gefüllt mit einem viel zu kleinen, schimmeligen Handtuch, colorierter Unterwäsche, Socken Marke Emmentaler (wegen der Löcher), einem feuchtwarmen Trikot mit Hose, Badeschuhen Marke Champignon, leerer schuppenfreundlicher Shampooflasche, die seit Wochen immer wieder mit etwas Wasser gefüllt und geschüttelt wird und doch tatsächlich noch etwas Schaum hergibt. Ferner verliert sich darin ein heulwinselnder Asbestschleuderfön, ein vereinsamter, knotiger Knieschützer und abgelaufene Volleyballschuhe mit Fensterchen für den großen Zeh und mit zu kurzen, weil vorletztes Jahr abgerissenen und provisorisch zusammengeknoteten Schnürsenkeln.
Sprungkraft	Beim Volleyball kaum gefordertes Kriterium. Wenn man bedenkt, daß der Hochsprungweltrekord bei weit über zwei Meter liegt, sind die geforderten zirka 105 cm doch wirklich ein Kinderspiel.
Steller	Armer Irrer, der immer an allem schuld ist.
Stemmschritt	Ein Gewichtheber spielt jetzt auch noch Volleyball (und es gibt anscheinend verdammt viele davon) und läuft mit seiner ehemals eingepaukten Technik entsprechend schwerfällig auf dem Spielfeld umher.

Sponsor

„Wie soll ich denn bei dem Gewicht noch springen können?“

todesmutig

Strafauszeit Herzloser Akt des Schiedsrichters, wenn ein zu dick gewordener Auswechselspieler in der Trainingsjacke steckenbleibt.

Strandpatschen Spiel, bei dem ein Ball im Urlaub mit der flachen Hand über eine Schnur geklatscht werden muß.

T

Taktikdiskussion Der Trainer wird dabei entweder ideentotschlagender Despot, hohlphrasendreschender Theorielabersalbaderer oder unterdemparkettniveaukriechender Mäntelchennachdemwindhänger.

Tape Prestigeförderndes, scheinbar schick aussehendes Klebeband an angeblich empfindlichen Gelenken und Bändern, vor dem Training oder einem Spiel angelegt, das dem Spieler oft besser über den Mund gepappt werden könnte.

todesmutig Hechtsprünge beim Volleyball, die lebhaft an die Irrenwitze erinnern, bei denen die Jungs voller Begeisterung vom Sprungbrett ins leere Schwimmbecken springen.

Trainingseinheit Kleinster gemeinsamer Nenner, wenigstens beim Training nicht zu streiten.

Trainingsweltmeister Im Gegensatz zu den sehr selten vorkommenden Weltmeistern (höchstens vierundzwanzig pro Jahr plus zwei Trainerweltmeistern) gibt es Trainingsweltmeister wie Sand am Meer.

Traumpaß Spielerpaß mit dem Stempel vom FC Barcelona. Nicht zu verwechseln mit einem Traumzuspiel (siehe zuspielen).

Treffer Einer der drei Spieler am Netz fällt, von seinem Aufschläger am Hinterkopf getroffen, zappelnd ins Netz.

Trikotfarbe Wichtigstes Hilfsmittel, um zu erkennen, wem man den Ball behutsam stellen und wem man ihn andererseits vernichtend über den Scheitel ziehen muß. Für ganz Begriffsstutzige gibt es dann zur Unterscheidung noch das Netz.

Turnier Partnervermittlungsverfahren. Mixedspiele bei Volleyballturnieren sind die einzige Möglichkeit, außer auf dem Tanzboden bei der Meister- oder Abstiegsfeier dem anderen Geschlecht sehr nahe zu kommen.

Tuten und Blasen Ahnung der Fanfarenfans auf der Tribüne. Leider haben sie oft allerdings wirklich ausschließlich nur vom Tuten und vom Blasen eine Ahnung.

U

Umkleidekabine Tribunal nach dem Spiel. Ort der Gerichtsbarkeit, an dem die oder der Schuldige gnadenlos herausgedeutet wird.

umlaufen Bei der Betonung auf „laufen“ handelt es sich um das slalomförmige Kurven durch die Reihen der mit offenem Mund herumlungernden Mitspielerinnen, bei der Betonung auf „um“ handelt es sich um das in Grund-und-Bodenrennen der eigenen Mitspieler durch einen tollpatschigen Anfänger in den eigenen Reihen.

Umkleidekabine

Volleyball

Unterarmschlag Der Ball wird von den beiden parallel zusammengehaltenen Unterarmen getroffen, womit eine besonders gute Zielsicherheit erreicht wird. Unbestätigten Gerüchten zufolge soll jetzt im Freiburger Volleyballforschungszentrum von St. Urs Ula ein neuer und noch erfolgreicherer Unterarmschlag entwickelt worden sein, bei dem nicht die Handflächen, sondern die Handrücken nach oben bzw. in Richtung Ball zeigen.

V

Vereinsmeier Das absolut wichtigste Vereinsmitglied, das als typischer Underdog weder wichtig genommen noch entsprechend honoriert wird. Mit dem Vereinsmeier, der manchesmal sogar nicht einmal Meier heißt, steht und fällt jedoch der gesamte Spielbetrieb. Vergleichbar nur noch seinem Cousin, dem Schiedsrichter.

Vierer-Riegel Vier Spieler machen sich eine gemütliche Phase, indem sie vorne so tun, als ob sie das ganze Feld abschirmen könnten, und die zwei einsamen Irren da hinten müssen sehen, wie sie den Ball auf dem unendlich groß gewordenen Feld wieder einsammeln können.

Volleyball Um einen Lebensinhalt und Sinn des Daseins zu erreichen oder mindestens der Langeweile zu begegnen: Der gegen jede physikalische Vernunft anstinkende Versuch, einen simplen, aufgeblasenen Lederfetzen daran zu hindern, den Gesetzen der Erdanziehungskraft zu gehorchen, um im nächsten Augenblick genau das Gegenteil forciert und mit aller Gewalt erreichen zu wollen.

Vorderzone Zone der Gemütlichkeit. Bei der gegnerischen Aufgabe kann man sich gemütlich räkeln, da der Ball hier zunächst überhaupt nichts zu suchen hat. Der zweite Schlag kommt eh von dem von hinten herbeieilenden Steller, und dann erst braucht man nur ein bißchen hochzuhüpfen, um den mundgerecht servierten Ball drüben in den Boden zu nageln.

W

Wadenkrampf Die beste Methode, nach einem blamablen Spielzug den Schaden in der Reputation ein wenig zu begrenzen, ist das Vortäuschen eines Wadenkrampfes. Hilft das nichts, ist ein Heulkrampf zu empfehlen.

Wechseljahre Altersstufe, in der man sein Dasein jetzt mehr auf der Auswechelbank fristet als auf dem Spielfeld. Diese Wechseljahre bringen auch beim männlichen Volleyballspieler allerlei körperliche Gebresten und Unpäßlichkeiten mit sich. Er läuft häufig rot (vor Wut über das nutzlose Warten auf der Bank) an. Er bekommt unberechenbare Schwindelanfälle (wenn er dann doch, aber dann länger als drei Minuten eingesetzt wird) und Schweißausbrüche vor Angst, wenn der gegnerische Aufschlag auch noch direkt auf ihn zugeflattert kommt. Es ist allerdings ein Gerücht, daß männliche Volleyballer wegen dieser Symptome besser einen Gynäkologen aufsuchen sollten.

Wechseljahre

„Na, was meinst du: stehst du die Strecke bis aufs Spielfeld konditionell durch?“

Zuruf

„Jungs, ich hab' ihn!"

Wucht Eine Volleyballspielerin ist eine Wucht, wenn sie über das außerordentliche Talent verfügt, einen hoffnungslosen Ball, der nur noch wenige Zentimeter benötigt, um sterbend zu Boden zu sinken, wiederbelebend in die Höhe wuchten zu können.

wuchten Berserkerkräfte anwenden, nur um einen federleichten, luftgefüllten Ball von winzigen 210 Gramm ein paar Meter anzuheben.

Y

Youngster Das unlogische, biologische Volleyballwunder, immer wieder im Laufe der Karriere durch Älterwerden plötzlich der dynamische Jüngste zu sein. (Beim Wechseln in die nächsthöhere Altersklasse mit 10, 18, 34 usw. usw.)

Z

Zickzackanlauf Eine Nähmaschine für das Reparieren einer geplatzten Naht an der Volleyballhose in Gang bringen.

Zitterspiel Pausenmusik bei einem Volleyballspiel in Bayern oder Österreich.

Zuruf Gutgemeinter, meist in der „ich"-Form ausgerufener Versuch, zu verhindern, daß dem besserstehenden Mitspieler der Ball doch noch aus Versehen zugespielt wird.

zuspielen

Johann Adolf Leisewitz (1752–1806), der ja ein begeisterter Volleyballer, Vertreter leiser Töne, Dichter und Vorbild für seinen jungen Clubkameraden Friedrich Schiller war, schrieb 1787 in seiner großen Zeit als Coach von Hannover 96 das folgende, die Zeiten überdauernde Gebet über das „zuspielen“:

Und meckert ein Spieler so ziegengleich,
Dann spiel mit dem Balle – nicht butterweich,

Nein, hart und mit Schmettern und doch voller Ruh
Für immer und ewig die Schnute ihm zu.

Und schließt ihm die Schwellung nur heute das Maul,
Und ist er auch nächstens mit Stänkern nicht faul,

So gib's ihm halt wieder und immer und fort,
Dann motzt er vielleicht bald am anderen Ort.

Dies gilt für die Jungen, die Alten und Lahmen,
Für Herren und Damen und Basta und Amen.

ISBN 3-8231-0135-8

ISBN 3-8231-0543-4

ISBN 3-8231-0126-9

ISBN 3-8231-0188-9

ISBN 3-8231-0176-5

ISBN 3-8231-0085-8

ISBN 3-8231-0166-8

ISBN 3-8231-0084-X

ISBN 3-8231-0139-0

ISBN 3-8231-0082-3

ISBN 3-8231-0189-7

Fröh·li·che Wör·ter·bü·cher von A–Z

ISBN 3-8231-0116-1

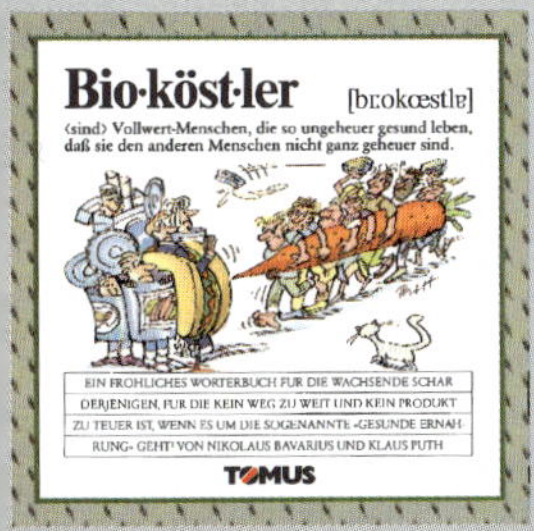

ISBN 3-8231-0173-0

ISBN 3-8231-0177-3

ISBN 3-8231-0096-3

ISBN 3-8231-0105-6

ISBN 3-8231-0138-2

ISBN 3-8231-0070-X

ISBN 3-8231-0159-5

ISBN 3-8231-0094-7

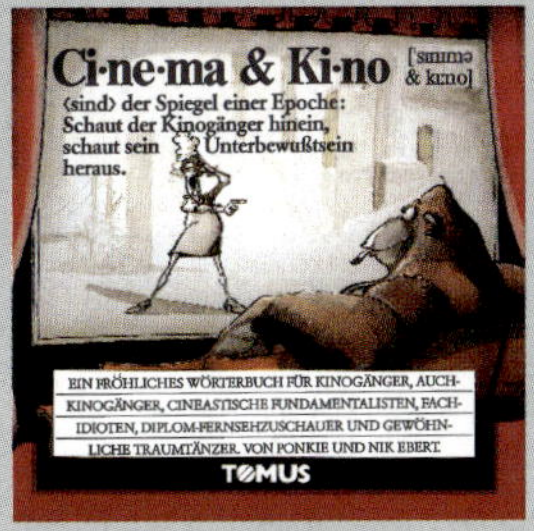

ISBN 3-8231-0179-X

ISBN 3-8231-0110-2

ISBN 3-8231-0069-6

ISBN 3-8231-0081-5

ISBN 3-8231-0162-5

ISBN 3-8231-0181-1

ISBN 3-8231-0545-0

ISBN 3-8231-0101-3

ISBN 3-8231-0190-0

ISBN 3-8231-0565-5

ISBN 3-8231-0120-X

ISBN 3-8231-0534-5

ISBN 3-8231-0121-8

ISBN 3-8231-0152-8

ISBN 3-8231-0157-9

ISBN 3-8231-0144-7

ISBN 3-8231-0080-7

ISBN 3-8231-0114-5

ISBN 3-8231-0113-7

ISBN 3-8231-0541-8

ISBN 3-8231-0544-2

ISBN 3-8231-0107-2

ISBN 3-8231-0128-5

ISBN 3-8231-0191-9

ISBN 3-8231-0067-X

ISBN 3-8231-0112-9

ISBN 3-8231-0086-6

ISBN 3-8231-0542-6

ISBN 3-8231-0149-8

ISBN 3-8231-0548-5

ISBN 3-8231-0546-9

ISBN 3-8231-0147-1

ISBN 3-8231-0187-0

ISBN 3-8231-0167-6

ISBN 3-8231-0077-7

ISBN 3-8231-0540-X

ISBN 3-8231-0088-2

ISBN 3-8231-0129-3

ISBN 3-8231-0143-9

ISBN 3-8231-0093-9

ISBN 3-8231-0098-X

ISBN 3-8231-0168-4

ISBN 3-8231-0119-6

ISBN 3-8231-0123-4

ISBN 3-8231-0134-X

ISBN 3-8231-0650-3

ISBN 3-8231-0154-4

ISBN 3-8231-0163-3

ISBN 3-8231-0192-7

ISBN 3-8231-0076-9

ISBN 3-8231-0193-5

ISBN 3-8231-0164-1

ISBN 3-8231-0169-2

ISBN 3-8231-0124-2

ISBN 3-8231-0170-6

ISBN 3-8231-0539-6

ISBN 3-8231-0066-1

ISBN 3-8231-0092-0

ISBN 3-8231-0140-4

ISBN 3-8231-0194-3

ISBN 3-8231-0091-2

ISBN 3-8231-0185-4

ISBN 3-8231-0538-8

ISBN 3-8231-0090-4

ISBN 3-8231-0117-X

ISBN 3-8231-0566-3

ISBN 3-8231-0558-2

ISBN 3-8231-0171-4

ISBN 3-8231-0065-3

ISBN 3-8231-0074-2

ISBN 3-8231-0097-1

ISBN 3-8231-0156-0

ISBN 3-8231-0109-9

ISBN 3-8231-0175-7

ISBN 3-8231-0064-5

ISBN 3-8231-0172-2

ISBN 3-8231-0560-4

ISBN 3-8231-0535-3

ISBN 3-8231-0073-4

ISBN 3-8231-0174-9

ISBN 3-8231-0537-X

ISBN 3-8231-0111-0

ISBN 3-8231-0561-2

ISBN 3-8231-0559-0

ISBN 3-8231-0536-1

ISBN 3-8231-0183-8

ISBN 3-8231-0184-6

ISBN 3-8231-0151-X

Fröh·li·che Wör·ter·bü·cher von A–Z

ISBN 3-8231-0130-7

ISBN 3-8231-0158-7

ISBN 3-8231-0125-0

ISBN 3-8231-0131-5

ISBN 3-8231-0530-2

ISBN 3-8231-0531-0

ISBN 3-8231-0195-1

ISBN 3-8231-0141-2

ISBN 3-8231-0083-1

ISBN 3-8231-0150-1

ISBN 3-8231-0145-5

ISBN 3-8231-0146-3

ISBN 3-8231-0115-3

ISBN 3-8231-0178-1

ISBN 3-8231-0118-8

ISBN 3-8231-0103-X

ISBN 3-8231-0155-2

ISBN 3-8231-0196-X

ISBN 3-8231-0161-7

ISBN 3-8231-0197-8

ISBN 3-8231-0160-9

ISBN 3-8231-0132-3

Fröh·li·che Wör·ter·bü·cher von A–Z

ISBN 3-8231-0133-1

ISBN 3-8231-0148-X

ISBN 3-8231-0142-0

ISBN 3-8231-0199-4

ISBN 3-8231-0099-8

ISBN 3-8231-0089-0

ISBN 3-8231-0186-2

ISBN 3-8231-0071-8

ISBN 3-8231-0563-9

ISBN 3-8231-0547-7

ISBN 3-8231-0072-6